作者簡介

陳致元

一九七五年生，二十五歲出版了《想念》從此展開專職的繪本創作，曾被美國《華盛頓郵報》稱讚為繪本裡的珍寶，多數作品勇奪國內外大獎：瑞典 Peter Pan Prize 小飛俠圖畫書金獎、美國「國家教師會」年度最佳童書、美國《出版人週刊》年度最佳童書、日本圖書館協會年度選書、義大利波隆那獎、豐子愷獎、金鼎獎最佳插畫獎、金蝶獎金獎和「好書大家讀」年度最佳童書等多項殊榮。作品有：「小豬乖乖」系列，《GujiGuji》、《小魚散步》、《沒毛雞》、《阿迪和朱莉》、《一個不能沒有禮物的日子》、《很慢很慢的蝸牛》和《大家一起拔蘿蔔》等。

繪本 0246

城市小英雄

文・圖｜陳致元

責任編輯｜陳毓書　美術設計｜林家蓁　行銷企劃｜吳函臻

天下雜誌群創辦人｜殷允芃　董事長兼執行長｜何琦瑜

媒體暨產品事業群

總經理｜游玉雪　副總經理｜林彥傑　總編輯｜林欣靜　資深主編｜蔡忠琦　版權主任｜何晨瑋、黃微真

出版者｜親子天下股份有限公司　地址｜台北市 104 建國北路一段 96 號 4 樓

電話｜（02）2509-2800　傳真｜（02）2509-2462　網址｜www.parenting.com.tw

讀者服務專線｜（02）2662-0332　週一～週五：09:00~17:30　讀者服務傳真｜（02）2662-6048

客服信箱｜bill@cw.com.tw　法律顧問｜台英國際商務法律事務所・羅明通律師

製版印刷｜中原造像股份有限公司

總經銷｜大和圖書有限公司　電話：（02）8990-2588

出版日期｜2020 年 5 月　第一版第一次印行

2023 年 6 月　第一版第三次印行

定價｜380 元　書號｜BKKP0246P　ISBN｜978-957-503-594-5（精裝）

-------------------------- 訂購服務 --------------------------

親子天下 Shopping｜shopping.parenting.com.tw　海外・大量訂購｜parenting@cw.com.tw

書香花園｜台北市建國北路二段 6 巷 11 號　電話（02）2506-1635　劃撥帳號｜50331356

親子天下股份有限公司 www.parenting.com.tw

立即購買 >

城市小英雄

文‧圖　陳致元

好想出去喔！

這是一間寵物繁衍廠，裡頭有很
多狗，牠們都被關在又臭又擠的
籠子裡。那裡有一隻特別的小狗，
牠對各種味道都很好奇。

小ㄒㄧㄠ狗ㄍㄡ一ㄧ天ㄊㄧㄢ吃ㄔ兩ㄌㄧㄤ餐ㄘㄢ， 但ㄉㄢ是ㄕ那ㄋㄚ一ㄧ隻ㄓ喜ㄒㄧ歡ㄏㄨㄢ到ㄉㄠ處ㄔㄨ聞ㄨㄣ的ㄉㄜ小ㄒㄧㄠ狗ㄍㄡ， 常ㄔㄤ常ㄔㄤ沒ㄇㄟ有ㄧㄡ
吃ㄔ到ㄉㄠ狗ㄍㄡ餅ㄅㄧㄥ乾ㄍㄢ。

原ㄩㄢ來ㄌㄞ是ㄕ其ㄑㄧ他ㄊㄚ小ㄒㄧㄠ狗ㄍㄡ不ㄅㄨ喜ㄒㄧ歡ㄏㄨㄢ牠ㄊㄚ大ㄉㄚ大ㄉㄚ的ㄉㄜ豬ㄓㄨ鼻ㄅㄧˊ子ㄗ， 所ㄙㄨㄛ以ㄧˇ不ㄅㄨ想ㄒㄧㄤ分ㄈㄣ狗ㄍㄡ餅ㄅㄧㄥ乾ㄍㄢ
給ㄍㄟ牠ㄊㄚ吃ㄔ， 還ㄏㄞ欺ㄑㄧ負ㄈㄨ牠ㄊㄚ。

當小狗們長大一點，就會被賣到寵物店。
不過，那一隻特別的小狗花紋不對，
像是穿了一件小內褲，應該沒人想帶牠回家……

哇！好香的奶油麵包～

噗ㄆㄨ噗ㄆㄨ —— 滿ㄇㄢ車ㄔㄜ的ㄉㄜ小ㄒㄧㄠ狗ㄍㄡ就ㄐㄧㄡ要ㄧㄠ被ㄅㄟ載ㄗㄞ到ㄉㄠ寵ㄔㄨㄥ物ㄨ店ㄉㄧㄢ了ㄌㄜ，
那ㄋㄚ一ㄧ隻ㄓ小ㄒㄧㄠ狗ㄍㄡ卻ㄑㄩㄝ不ㄅㄨ小ㄒㄧㄠ心ㄒㄧㄣ掉ㄉㄧㄠ出ㄔㄨ車ㄔㄜ外ㄨㄞ……

嗨！
你——你們好！

小ㄒㄧㄠˇ狗ㄍㄡˇ在ㄗㄞˋ巷ㄒㄧㄤˋ弄ㄋㄨㄥˋ到ㄉㄠˋ處ㄔㄨˋ流ㄌㄧㄡˊ浪ㄌㄤˋ，找ㄓㄠˇ不ㄅㄨˋ到ㄉㄠˋ
食ㄕˊ物ㄨˋ吃ㄔ，壞ㄏㄨㄞˋ壞ㄏㄨㄞˋ野ㄧㄝˇ狗ㄍㄡˇ幫ㄅㄤ也ㄧㄝˇ不ㄅㄨˋ想ㄒㄧㄤˇ分ㄈㄣ
食ㄕˊ物ㄨˋ給ㄍㄟˇ牠ㄊㄚ吃ㄔ，還ㄏㄞˊ一ㄧˋ起ㄑㄧˇ欺ㄑㄧ負ㄈㄨˋ牠ㄊㄚ。

小ㄒㄧㄠˇ狗ㄍㄡˇ好ㄏㄠˇ害ㄏㄞˋ怕ㄆㄚˋ！
牠ㄊㄚ好ㄏㄠˇ希ㄒㄧ望ㄨㄤˋ有ㄧㄡˇ人ㄖㄣˊ
來ㄌㄞˊ救ㄐㄧㄡˋ牠ㄊㄚ……

喵ㄇㄧㄠˊ——嗚ㄨ！

突ㄊㄨˊ然ㄖㄢˊ，天ㄊㄧㄢ空ㄎㄨㄥ撒ㄙㄚˇ下ㄒㄧㄚˋ一ㄧ大ㄉㄚˋ面ㄇㄧㄢˋ網ㄨㄤˇ子ㄗˇ。

原來是一群貓咪看到小狗被欺負，
決定出手幫助牠。

牠們跑了很久，大家的肚子都咕嚕咕嚕叫，所以全都跑到餐廳前面。

只^业有^{一ヌ}小^{一ㄠ}狗^{ㄍㄡ}用^{ㄩㄥ}牠^{ㄊㄚ}的^{ㄉㄜ}大^{ㄉㄚ}鼻^{ㄅㄧ}子^ㄗ聞^{ㄨㄣ}呀^{一ㄚ}聞^{ㄨㄣ}，　一^一路^{ㄌㄨ}聞^{ㄨㄣ}到^{ㄉㄠ}餐^{ㄘㄢ}廳^{ㄊㄧㄥ}的^{ㄉㄜ}廚^{ㄔㄨ}房^{ㄈㄤ}外^{ㄨㄞ}面^{ㄇㄧㄢ}……

小^{一ㄠ}狗^{ㄍㄡ}好^{ㄏㄠ}厲^{ㄌㄧ}害^{ㄏㄞ}，　牠^{ㄊㄚ}幫^{ㄅㄤ}大^{ㄉㄚ}家^{ㄐㄧㄚ}找^{ㄓㄠ}到^{ㄉㄠ}許^{ㄒㄩ}多^{ㄉㄨㄛ}食^ㄕ物^ㄨ。

好^{ㄏㄠ}心^{ㄒㄧㄣ}的^{ㄉㄜ}廚^{ㄔㄨ}師^ㄕ還^{ㄏㄞ}送^{ㄙㄨㄥ}牠^{ㄊㄚ}們^{ㄇㄣ}新^{ㄒㄧㄣ}鮮^{ㄒㄧㄢ}的^{ㄉㄜ}牛^{ㄋㄧㄡ}奶^{ㄋㄞ}和^{ㄏㄢ}烤^{ㄎㄠ}雞^{ㄐㄧ}。

月光下，大家邊吃邊唱歌，八隻貓咪介紹了自己的名字，但是，那一隻小狗沒有名字。大家想了想，覺得今天吃得好飽真幸福，都是托小狗的福，於是決定叫牠小福。

累了一天，小福和大家一起窩在貓咪的祕密基地裡，幸福的睡著了。

隔天，小福開始跟著
貓咪們去貓咪
學校上學。

第一堂是瑜伽課。瑜伽貓老師教大家邊念口訣邊做動作。

軟綿綿！軟綿綿！
身體變得軟綿綿，
慢慢把身體展開來！

軟綿綿

老師看我，
我碰到地上了。

看我，真簡單。

啊！
我彎不下去！

接著把腳伸直，慢慢向外伸展。

真好玩！

我可以把腳翹起來！

啊！好痛，還要多久？！

重心放在頭上
想像自己像雲
一樣輕。

喵，很舒服耶！

我可以
倒立走路！

啊！我不行了。

第二堂是很酷的忍者貓老師教大家忍者輕功跳。

如果小福學會了，就可以在城市裡輕巧的跳來跳去。

第三堂是雜耍貓老師教大家走鋼索。

只要小福學會了，就可以在很細的繩索上走來走去。

最後一堂課是獵貓老師教大家抓老鼠。

聞東西我
最拿手！

小福，聞聞看，哪一
條管子可以通往老鼠
窩呢？要小心還有
可怕的毒菇唷！

我有毒！

20

小福和貓咪們終於完成四堂課的密集訓練，從貓咪學校畢業了。

笑一個，來張
畢業大合照！

你們都學會了喵喵功夫了，
可以放心的去城市裡冒險了！

祝你們
好運！

加油！
小忍者貓！

記得回來看我們唷！

加油，小貓咪。

謝謝老師！

我們出發了！

小ㄒㄧㄠˇ福ㄈㄨˊ和ㄏㄜˊ貓ㄇㄠ咪ㄇㄧ們ㄇㄣ˙跑ㄆㄠˇ到ㄉㄠˋ另ㄌㄧㄥˋ一ㄧˋ條ㄊㄧㄠˊ街ㄐㄧㄝ上ㄕㄤˋ，牠ㄊㄚ們ㄇㄣ˙看ㄎㄢˋ到ㄉㄠˋ櫥ㄔㄨˊ窗ㄔㄨㄤ裡ㄌㄧˇ播ㄅㄛ報ㄅㄠˋ著ㄓㄜ˙新ㄒㄧㄣ聞ㄨㄣˊ，主ㄓㄨˇ播ㄅㄛ說ㄕㄨㄛ城ㄔㄥˊ裡ㄌㄧˇ有ㄧㄡˇ一ㄧˋ隻ㄓ大ㄉㄚˋ巨ㄐㄩˋ鼠ㄕㄨˇ到ㄉㄠˋ處ㄔㄨˋ做ㄗㄨㄛˋ壞ㄏㄨㄞˋ事ㄕˋ，警ㄐㄧㄥˇ察ㄔㄚˊ正ㄓㄥˋ在ㄗㄞˋ追ㄓㄨㄟ捕ㄅㄨˇ，大ㄉㄚˋ家ㄐㄧㄚ都ㄉㄡ很ㄏㄣˇ擔ㄉㄢ心ㄒㄧㄣ、很ㄏㄣˇ害ㄏㄞˋ怕ㄆㄚˋ。

小福和貓咪們想協助警察抓到大巨鼠，小福努力用靈敏的鼻子聞呀聞，當牠們鑽進一條巷子時，小福聞到一股怪味道，是一種很壞很壞的味道。牠們輕巧的跟在那個壞味道後面……

小_{ㄒㄧㄠ}福_{ㄈㄨ}和_{ㄏㄜ}貓_{ㄇㄠ}咪_{ㄇㄧ}們_{ㄇㄣ}跟_{ㄍㄣ}在_{ㄗㄞ}大_{ㄉㄚ}巨_{ㄐㄩ}鼠_{ㄕㄨ}後_{ㄏㄡ}面_{ㄇㄧㄢ}， 走_{ㄗㄡ}進_{ㄐㄧㄣ}一_ㄧ間_{ㄐㄧㄢ}廢_{ㄈㄟ}棄_{ㄑㄧ}的_{ㄉㄜ}倉_{ㄘㄤ}庫_{ㄎㄨ}，牠_{ㄊㄚ}們_{ㄇㄣ}用_{ㄩㄥ}貓_{ㄇㄠ}咪_{ㄇㄧ}輕_{ㄑㄧㄥ}功_{ㄍㄨㄥ}躲_{ㄉㄨㄛ}在_{ㄗㄞ}樓_{ㄌㄡ}梯_{ㄊㄧ}間_{ㄐㄧㄢ}， 偷_{ㄊㄡ}聽_{ㄊㄧㄥ}到_{ㄉㄠ}三_{ㄙㄢ}個_{ㄍㄜ}聲_{ㄕㄥ}音_{ㄧㄣ}計_{ㄐㄧ}畫_{ㄏㄨㄚ}著_{ㄓㄜ}炸_{ㄓㄚ}掉_{ㄉㄧㄠ}城_{ㄔㄥ}市_ㄕ唯_{ㄨㄟ}一_ㄧ的_{ㄉㄜ}大_{ㄉㄚ}橋_{ㄑㄧㄠ}和_{ㄏㄜ}最_{ㄗㄨㄟ}高_{ㄍㄠ}的_{ㄉㄜ}大_{ㄉㄚ}樓_{ㄌㄡ}。

原來大巨鼠是他們打扮的，我們一定要阻止他們破壞城市。

喔喔！

噓！喵！

噓！

讓人們害怕，
是壞蛋最開心的事。

30

碰！

汪！

啊唷！

碰咚～

小ㄒㄧㄠˇ福ㄈㄨˊ和ㄏㄢˋ貓ㄇㄠ咪ㄇㄧ們ㄇㄣˊ急ㄐㄧˊ著ㄓㄜ跑ㄆㄠˇ去ㄑㄩˋ找ㄓㄠˇ警ㄐㄧㄥˇ察ㄔㄚˊ，想ㄒㄧㄤˇ告ㄍㄠˋ訴ㄙㄨˋ警ㄐㄧㄥˇ察ㄔㄚˊ牠ㄊㄚ們ㄇㄣˊ偷ㄊㄡ聽ㄊㄧㄥ到ㄉㄠˋ的ㄉㄜ壞ㄏㄨㄞˋ計ㄐㄧˋ畫ㄏㄨㄚˋ，可ㄎㄜˇ是ㄕˋ他ㄊㄚ只ㄓˇ顧ㄍㄨˋ著ㄓㄜ吃ㄔ三ㄙㄢ明ㄇㄧㄥˊ治ㄓˋ，一ㄧˋ點ㄉㄧㄢˇ都ㄉㄡ不ㄅㄨˋ想ㄒㄧㄤˇ理ㄌㄧˇ會ㄏㄨㄟˋ看ㄎㄢ起ㄑㄧˇ來ㄌㄞˊ怪ㄍㄨㄞˋ怪ㄍㄨㄞˋ的ㄉㄜ小ㄒㄧㄠˇ福ㄈㄨˊ和ㄏㄢˋ貓ㄇㄠ咪ㄇㄧ們ㄇㄣˊ。

小福好著急，於是牠跳起來一口咬住警察手中的三明治，往大巨鼠的藏身處跑去……

警察生氣得邊追邊說：「臭狗狗、壞狗狗，把三明治還我。」

沒想到追趕過程，警察不小心按到無線電，其他警察以為是緊急任務，全都跑來支援！

但是，貓咪輕功太厲害了，警察根本追不到牠們。

喵！

喵喵！

別跑！

小福帶著這群警察衝進大巨鼠的藏身處，正好遇到三個壞蛋帶著炸彈要出門，他們嚇了一跳，全從大巨鼠的肚子裡跳出來想逃跑！

勇敢的貓咪們衝上去咬著大巨鼠的大衣，
想要讓三個壞蛋被絆倒。

小福也用力推倒箱子和桶子。

牠們壓住了三個壞蛋，還站在箱子上，讓壞蛋無法動彈。

警察終於抓到假扮大巨鼠的壞人， 小福和貓咪們也因為幫警察找到了炸彈和失竊的珠寶， 被各大新聞報導，成為了城市小英雄。

城市終於恢復平靜，小福和貓咪們也有了一個新家和新工作，牠們開始在機場幫警察找不能帶上飛機的違禁品。

喵～

好舒服唷！

城市小英雄

好吃

狗餅乾

我有五輛小汽車不見了！

找一找，故事裡頭藏有下面幾個角色，雖然你沒有像小福一樣靈敏的鼻子，但是你可以透過好眼力來觀察唷！

找找看我在哪裡！

公雞

作者

五隻小雞是一家人，

總是在同一個地方一起出現唷！

聽作者說小福出生的故事

　　我經常會去學校為孩子們朗讀自己創作的繪本，如果聽著故事的孩子滿臉歡喜、笑聲不斷，我當下就會知道那個圖像或情節一定是孩子有共鳴的，會特別保留在作品中。

　　記得，某一次有一個小孩希望我可以講一個有關小狗的故事，因為他說他好喜歡小狗，而我手邊剛好沒有關於小狗的繪本，所以，我當下即興創作，也隨性地將我小時候曾經養過的小狗編進故事裡，接著又有一個小女孩希望我將她家養的貓咪也編進故事……那是一個很有趣的說故事經驗，那個故事後來成為《城市小英雄》的原型。那天回家後，我很快地寫下了那個即興創作的故事，並且思考著除了帶給孩子們樂趣，也希望能在其中加入勇氣、冒險和友誼的元素，經過一次又一次的故事調整，這本《城市小英雄》終於誕生了。期望我能帶著它去學校為更多孩子說故事，也能在製造歡樂的同時，為他們的生命留下一點成長必備的正能量。

P.3

P.6

P.30-31

P.12

P.14

P.32-33

P.19

P.20

P.34

P.41

P.22-23

P.42-43